Alerte aux requins !

L'auteur : Joanna Cole a eu une prof de sciences
qui ressemblait un peu à Mlle Bille-en-Tête.
Après avoir été institutrice, bibliothécaire et éditrice
de livres pour enfants, Joanna s'est mise à écrire.
La série *Le Bus magique* connaît un très grand succès
aux États-Unis !

L'illustrateur : Yves Besnier est né en 1954.
Il habite à Angers. Il illustre des affiches publicitaires
ainsi que des livres pour enfants chez Gallimard,
Nathan, Hatier, Bayard. Il a dernièrement illustré
Cendorine et les dragons, paru en 2004 chez Bayard
Éditions Jeunesse.

L'auteur tient à remercier Lisa Mielke, directeur assistant
de l'aquarium de New York, pour ses conseils judicieux.

Titre original : *The Great Shark Escape*
© Texte, 2000, Joanna Cole.
Publié avec l'autorisation de Scholastic Inc., 557 Broadway, New York,
NY 10012, USA.
Scholastic, THE MAGIC SCHOOL BUS, le Bus magique et les logos
sont des marques déposées de Scholastic, Inc.
Tous droits réservés.
Reproduction, même partielle, interdite.
© 2006, Bayard Éditions Jeunesse pour la traduction-adaptation
française et les illustrations.

Conception : Isabelle Southgate.
Réalisation de la maquette : Sylvie Lunet.
Suivi éditorial : Karine Sol.

Loi n° 49 956 du 16 juillet 1949
sur les publications destinées à la jeunesse.
Dépôt légal : février 2006 – ISBN : 2 7470 1477 0.
Imprimé en Allemagne par Clausen & Bosse.

Alerte aux requins !

Joanna Cole

Traduit et adapté par Éric Chevreau
Illustré par Yves Besnier

Deuxième édition
BAYARD JEUNESSE

La classe de Mlle Bille-en-Tête

Raphaël

Thomas

Véronique

Carlos

**Bonjour,
je m'appelle Arnaud,**
et je suis dans la classe de Mlle Bille-en-Tête.

Tu as peut-être entendu parler d'elle,
c'est une maîtresse extraordinaire,
mais un peu bizarre.
Elle est passionnée de sciences.
Pendant ses cours, il se passe toujours
des choses incroyables.

En effet, Mlle Bille-en-Tête
nous emmène souvent en sortie

dans son **Bus magique** qui peut se transformer
en hélicoptère, en bateau, en avion...

Ah ! J'oubliais ! La maîtresse s'habille
toujours en rapport avec le sujet étudié,
et elle a un iguane, Lise. Original, non ?

Surtout lis bien les informations
fournies par la brochure *Le Grand Bleu*
et les exposés que nous préparons
à la maison.
Ainsi, tu seras incollable
sur les requins !
Et ça, ce n'est pas mal non plus !

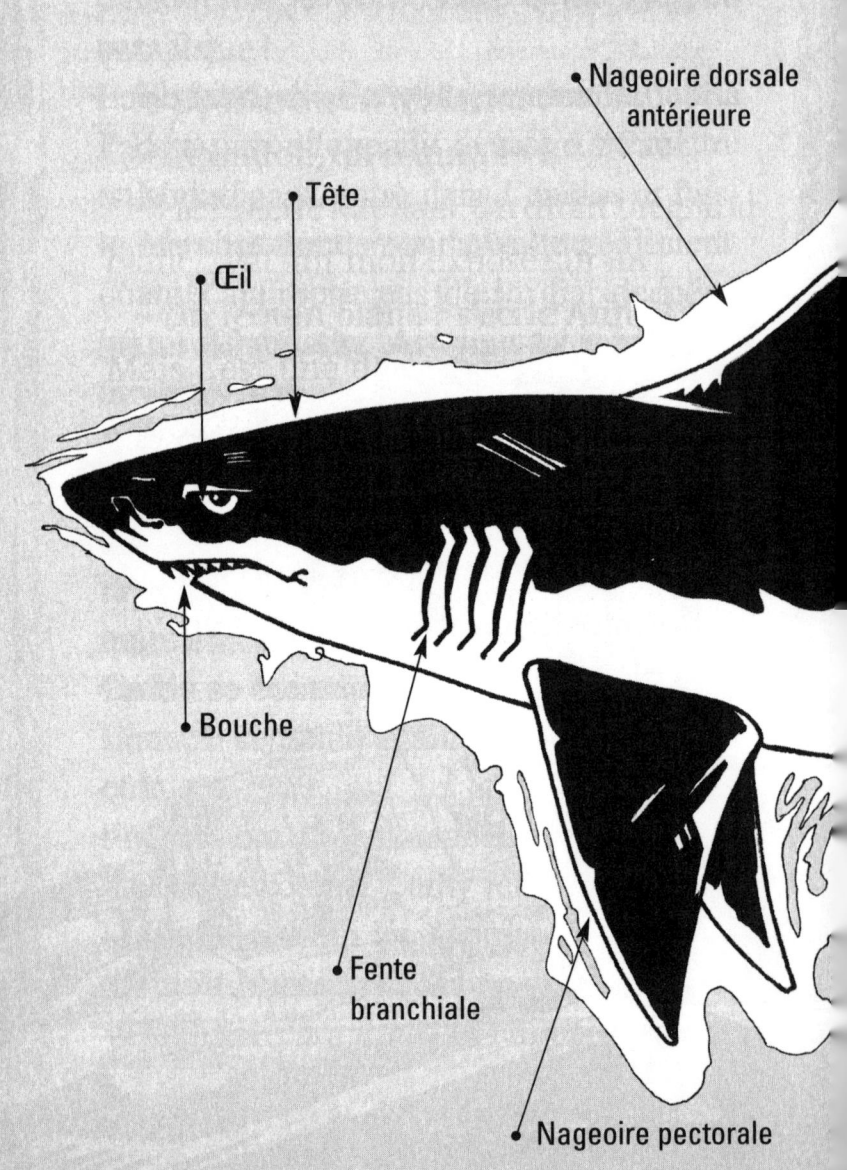

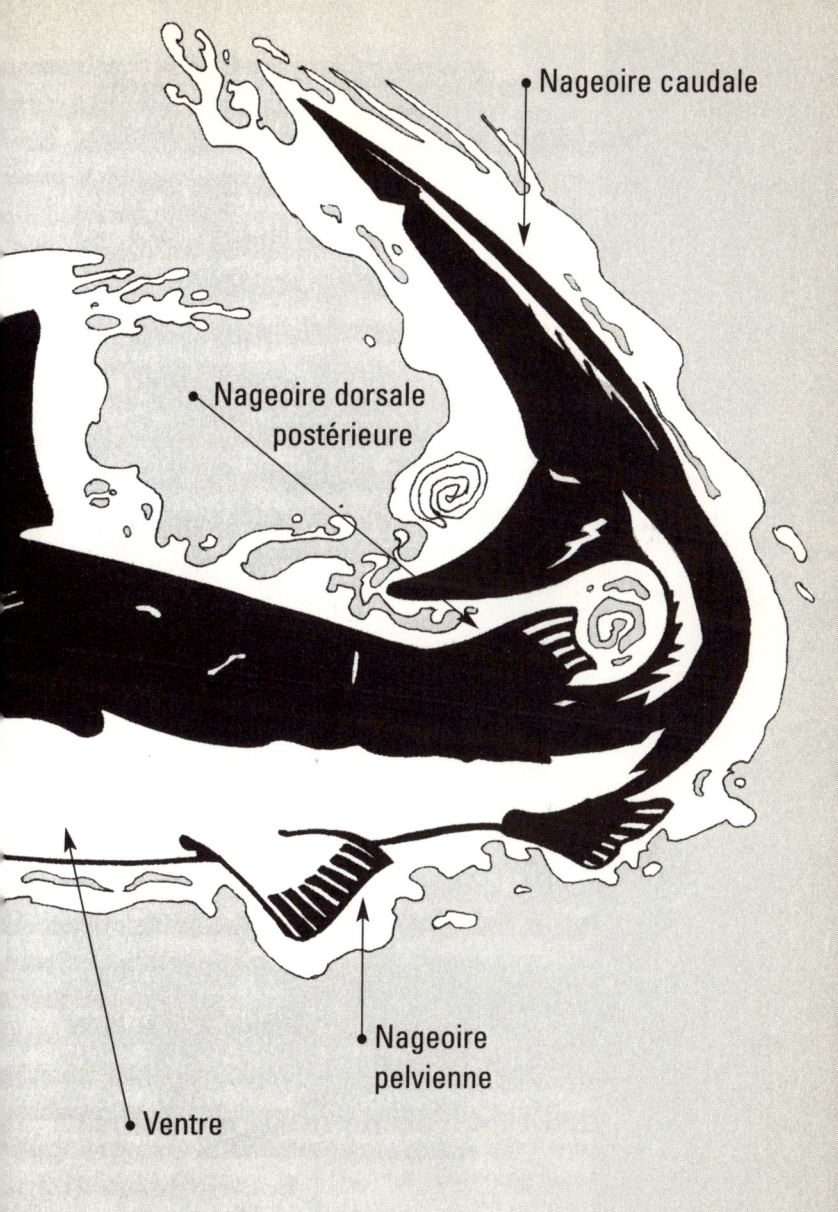

1
En route pour l'océan !

– Est-ce que vous croyez qu'on croisera des requins-baleines ? demande Carlos.

– J'espère ! s'enthousiasme Kicha. Et des requins-tigres, aussi !

– Ce serait trop bien, si on voyait un grand blanc ! claironne Raphaël.

Quand la maîtresse a annoncé qu'on allait étudier les requins, toute la classe a poussé un grand cri de joie.

J'adore Mlle Bille-en-Tête. Elle est formidable. Mais, parfois, j'aimerais qu'elle ne nous emmène pas dans tous ces endroits peuplés de bêtes dangereuses...

La maîtresse entre dans la classe. Et elle porte une robe couverte de dessins de requins.

– Bonjour, tout le monde ! lance-t-elle. Vous avez tous préparé chez vous votre exposé sur les requins. Eh bien, j'ai une excellente nouvelle : nous allons les observer de plus près !

– Super ! s'écrie Kicha. Une sortie en mer ! À bord du Bus magique !

– Oh, non ! Exactement ce que je craignais...

Mlle Bille-en-Tête m'a entendu marmonner.

– Ne t'inquiète pas, Arnaud, dit-elle. Ce ne sera pas une sortie en mer, mais au bord de la mer...

– Comment observera-t-on les requins, alors ? l'interroge Anne-Laure.

– Est-ce qu'on va plonger ? demande Thomas. Je suis sûr qu'on va plonger !

Plonger ? Ah, ça, non !

– Désolée, Thomas, dit Mlle Bille-en-Tête. J'ai simplement prévu de visiter un aquarium.

Ouf ! Des animaux enfermés dans des bassins, c'est beaucoup plus rassurant... Et puis, tant que nous sommes sur la terre ferme, rien de bizarre ne peut nous arriver !

Véronique ne pense pas comme moi :

– Un aquarium ? Ça n'est pas très excitant comme sortie !

– Tu sais, Véronique, on trouve toutes sortes de plantes et de poissons dans un aquarium. Savez-vous que l'océan compte environ un million d'espèces ?

Du tiroir de son bureau, Mlle Bille-en-Tête tire une pile de brochures :

– Le directeur de l'aquarium Le Grand Bleu nous a envoyé ces dépliants. Vous y trouverez une foule de renseignements utiles sur la vie sous-marine et les requins.

QUE D'EAU !

*Les océans couvrent les trois quarts de la planète Terre. Ils abritent près d'un million d'espèces. On y trouve aussi bien des poissons, des mammifères que des reptiles.
En réalité, il n'y a qu'un seul grand océan.
Mais on le divise en cinq zones :*

✹ L'OCÉAN PACIFIQUE :
le plus grand et le plus profond. Il est plus vaste que toutes les terres émergées réunies et représente la moitié des réserves mondiales d'eau de mer.

✹ L'OCÉAN ATLANTIQUE :
deux fois plus petit, est le deuxième en taille.

✹ L'OCÉAN INDIEN :
il se trouve entre l'Afrique et l'Australie.

✹ L'OCÉAN ANTARCTIQUE, OU GLACIAL :
il encercle le continent Antarctique et le pôle Sud.

✹ L'OCÉAN ARCTIQUE :
est le plus petit. Il se situe autour du pôle Nord.

– Ouah ! s'exclame Véronique. L'océan est immense ! Je ne savais pas qu'il existait autant d'animaux marins.

– Est-ce qu'on verra des requins ? demande Raphaël.

– Mais oui ! répond la maîtresse. L'aquarium compte plusieurs espèces de requins.

Plusieurs espèces ? Pour moi, un requin, c'est un requin !

– Il en existe plus de trois cent cinquante dans le monde ! poursuit Mlle Bille-en-Tête. Leur taille varie de vingt centimètres, pour le requin-pygmée, à quinze mètres, pour le requin-baleine.

– Est-ce que les requins appartiennent à la famille des baleines et des dauphins ? veut savoir Véronique.

– Mais non ! répond Anne-Laure. Les baleines et les dauphins sont des mammifères, comme nous. Les requins sont des poissons !

Comme d'habitude, Anne-Laure a réponse à tout ! Il faut dire qu'elle a beaucoup travaillé sur son exposé.

Pas d'arêtes dans le requin !

Le requin est un poisson sans arêtes ! Son squelette est constitué de cartilage (la matière dont sont faits notre nez et nos oreilles).

Les mammifères ont des poumons et respirent à l'air libre. Les requins, eux, ont des branchies. Ce sont des organes qui permettent aux poissons de respirer sous l'eau.

Même s'ils sont tous différents, la plupart des requins ont un corps en forme de torpille qui leur permet de glisser sans effort dans l'eau. Et ils ont une queue divisée en deux parties, la plus haute étant la plus longue.

Anne-Laure

– À présent, dit Mlle Bille-en-Tête, tous au bus ! Ce n'est pas en restant ici qu'on apprendra à connaître les requins...

Tout le monde se précipite vers le parking, où nous attend le Bus magique. On a vécu des aventures complètement folles à bord de ce bus ! Même si la maîtresse a promis que, cette fois, rien ne pouvait nous arriver, je suis un peu inquiet.

Un à un, nous montons à bord. Lise, notre mascotte, se perche sur l'épaule de Mlle Bille-en-Tête, qui tourne la clé de contact. Puis elle enfonce un bouton sur le tableau de bord. En un clin d'œil, notre Bus magique se transforme... en avion.

Et nous nous envolons vers l'océan.

2

Plongée en haute mer

Le Bus magique file à toute vitesse dans le ciel. Nous en profitons pour consulter nos brochures. Je n'ai pas eu le temps de préparer mon exposé, car j'ai été malade toute la semaine.

Je passe en revue les requins de l'aquarium, en espérant trouver une espèce pacifique, mais ils ont tous des têtes de tueurs !

Soudain, la côte apparaît.

Mlle Bille-en-Tête dirige le bus vers une plage ensoleillée, et nous atterrissons sur le parking de l'aquarium.

À peine la maîtresse a-t-elle posé le pied dehors qu'elle s'écrie :

– Mon Dieu ! Que se passe-t-il ici ?

L'aquarium ressemble à une île au milieu de l'océan ! L'eau s'échappe avec la violence d'un torrent de sous chaque porte. Des hommes s'affairent autour de camions-citernes qui pompent, et pompent encore, sans pouvoir étancher leur soif.

L'eau continue à se répandre.

Qu'est-ce qui a bien pu causer une telle inondation ?

Un homme, grand, avec des cheveux ébouriffés vient à notre rencontre en pataugeant. Il porte une cravate en forme de poisson.

Arrivé à notre hauteur, il tend la main à Mlle Bille-en-Tête :

– Bonjour, je suis M. Hill, le directeur de l'aquarium. Je... je suis désolé, bafouille-t-il, mais... euh... il y a un léger problème.

– Quel problème, monsieur Hill ?

– Eh bien, les dauphins jouaient avec une balle, qui s'est bêtement coincée dans une conduite d'évacuation. Le bassin a débordé, inondant tout l'aquarium. Nos animaux sont sains et saufs, mais nous avons dû fermer pour évacuer l'eau.

À l'annonce de la nouvelle, toute la classe pousse un « oh ! » de déception. Toute la classe, sauf moi... Secrètement, je suis plutôt soulagé de ne pas avoir à approcher les requins de trop près. Je ne devrais pas crier victoire, car une étincelle de malice s'est aussitôt allumée dans les yeux de Mlle Bille-en-Tête :

– Ne vous inquiétez pas pour nous, monsieur Hill. Je crois que j'ai une solution de rechange... Si nous remontions dans le bus, les enfants ?

Et voilà ! Ce que je craignais est arrivé !

Intrigué, le directeur nous suit à l'intérieur du Bus magique. La maîtresse appuie sur un bouton du tableau de bord, et un vrombissement puissant se fait entendre. Le Bus magique s'arrache du sol et s'élève dans les airs. Il s'est transformé en hélicoptère !

Paniqué, M. Hill écarquille les yeux de surprise.

– Mais... mais que se passe-t-il ? bredouille-t-il.

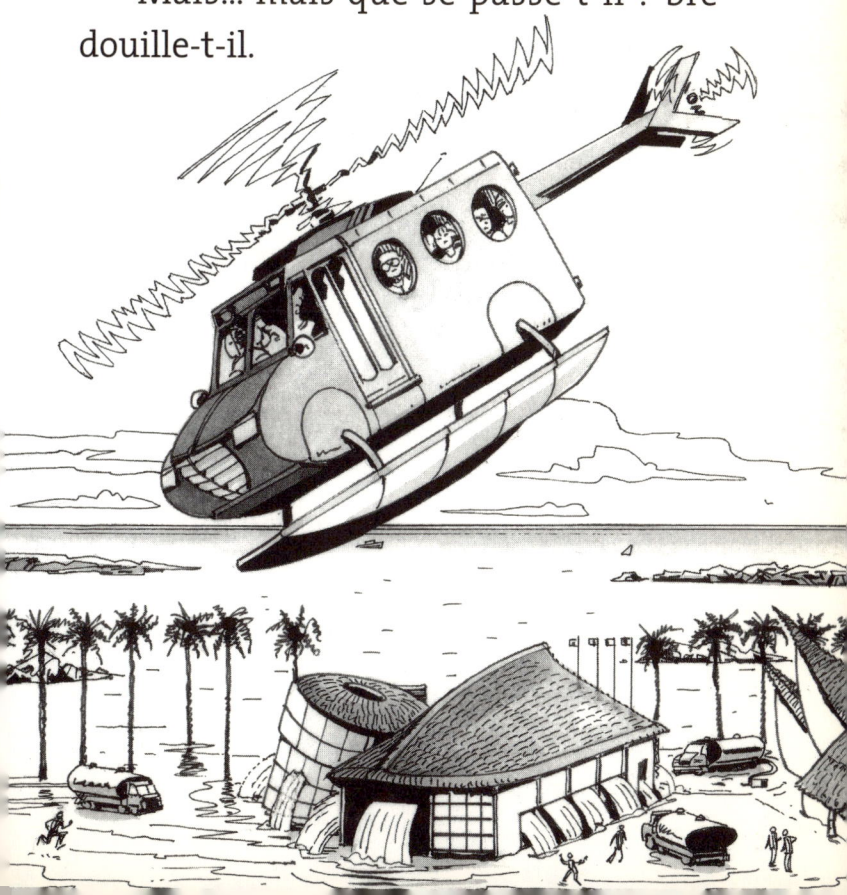

Je comprends très bien ce qu'il ressent. J'essaie de le rassurer :

– Bienvenue à bord du Bus magique ! Enfin... de l'hélicoptère magique. Vous verrez, on finit par s'habituer.

L'engin survole la plage, puis pique vers l'océan. Mon estomac fait des nœuds.

– Où allons-nous ? s'inquiète Ophélie.

– Tu verras bien, lance Mlle Bille-en-Tête.

En quelques secondes, nous avons atteint la pleine mer. La côte n'est même plus visible. Et voilà que l'hélicoptère se met à descendre vers l'eau.

M. Hill a l'air aussi effrayé que moi.

– Euh... vous ne comptez pas atterrir ici, n'est-ce pas ?

– Non, bien sûr ! répond Mlle Bille-en-Tête. Enfin, pas vraiment...

Juste au moment où nous touchons les flots, Lise enfonce un bouton sur le tableau de bord. L'hélicoptère ballotte à la surface.

Je ferme les yeux. Quand je les rouvre, je m'aperçois que nous sommes entourés d'eau. L'hélicoptère s'est transformé en sous-marin, et nous commençons notre descente.

– En route pour les grands fonds ! s'exclame la maîtresse.

Je suis catastrophé ! Rien de pire ne pouvait arriver. Par le hublot, je vois un petit poisson qui nage à côté de nous. En fait, il n'est pas si petit... Je le trouve même de plus en plus gros.

C'est alors que je comprends. Non seulement nous plongeons au plus profond de l'océan, mais la maîtresse a rétréci le sous-marin à la taille d'un poisson !

– Maintenant que nous mesurons moins d'un mètre, dit Mlle Bille-en-Tête, nous allons pouvoir observer les habitants de l'océan à travers les yeux d'un petit poisson. N'est-ce pas formidable ?

Formidable, hum... Redoutable, plutôt !
— Quelle excellente idée ! s'écrie M. Hill, qui n'a plus l'air aussi affolé.

Le sous-marin est équipé de hublots sur les côtés, d'un plancher en verre pour voir le fond de l'océan, et même d'un toit transparent en

forme de dôme ! Nous traversons un banc de poissons multicolores. Malgré ma peur, je dois bien admettre que c'est assez excitant.

– Est-ce qu'on a une chance de voir des requins ? demande Raphaël.

– C'est possible, répond M. Hill. Plusieurs espèces nagent dans ces eaux.

Vous parlez d'une chance ! Mon cœur se met à battre à 200 à l'heure ! Est-ce que les gros poissons ne mangent pas les petits ?

— La maîtresse nous a appris qu'il existait plus de trois cent cinquante espèces de requins, dit Kicha. Ils ne vivent pas tous ici, quand même ?

— Bien sûr que non ! intervient Anne-Laure. Certains habitent tout au fond de l'eau, ou vivent dans les autres océans.

Au moins, je ne risque pas de rencon-

Ils sont partout !

On trouve des requins dans les cinq océans et dans quelques mers. Ce sont des animaux marins, c'est-à-dire qu'ils vivent dans l'eau salée. Mais certains, comme le requin-taureau, s'aventurent parfois dans les estuaires des fleuves et dans les lacs. On a repéré des requins-marteaux dans le fleuve Mississippi, aux États-Unis, et dans l'Amazone, au Brésil !

Anne-Laure

trer les trois cent cinquante espèces de requins. Quoique... On ne sait jamais : tout est possible à bord du Bus magique !

3
Un poisson géant

Bercés par le teuf-teuf du sous-marin, nous poursuivons notre voyage. Nous croisons de petits poissons à l'aspect pacifique, et je commence à me détendre. Une espèce de bouillie verdâtre flotte autour de nous.

– C'est quoi, ce truc vert, mademoiselle Bille-en-Tête ?

– Du plancton, me répond la maîtresse. Un mélange de plantes et d'organismes minuscules. C'est la base de l'alimentation des poissons et d'autres habitants des océans.

Tout à coup, une ombre gigantesque obscurcit le hublot. Oh, oh ! Mauvais signe ! Je tourne la tête et... je vois une bouche immense, grande ouverte sur deux rangées de milliers de petites dents.

L'eau et le plancton sont absorbés par la gueule monstrueuse... et nous sommes pris au beau milieu du courant !

Je pousse un cri de frayeur :

– Attention ! On va se faire aspirer !

Tout le monde panique.

– Accrochez-vous ! ordonne Mlle Bille-en-Tête.

Au même moment, Lise, du bout de sa queue, enfonce un bouton sur le tableau de bord. En une seconde, le sous-marin s'arrache à la gueule géante et plonge vers les profondeurs...

Ouf ! Il était moins une !

Mais voilà que Mlle Bille-en-Tête manœuvre pour placer le sous-marin tout contre le monstre, qui ressemble à un immense requin. Moi qui croyais être tiré d'affaire...

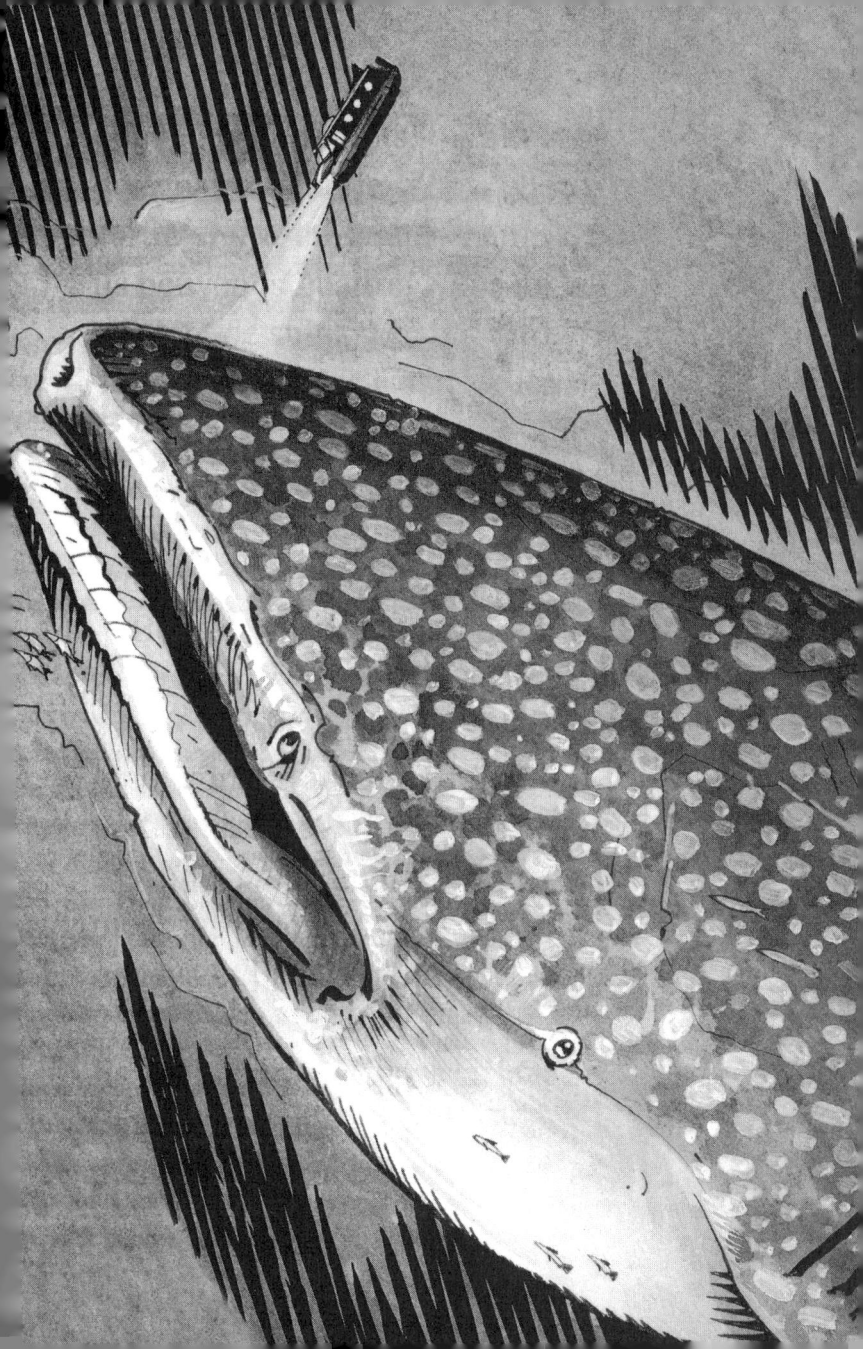

– Wouah ! s'exclame Raphaël. Ce poisson est plus gros qu'un semi-remorque !

Je suis terrifié ; pourtant je ne peux pas m'empêcher de regarder. L'animal géant a la peau gris foncé, avec des taches jaune pâle et des rayures partout.

M. Hill a l'air de vraiment s'amuser maintenant :

– Mes enfants, ceci est un requin-baleine !

– Un requin-baleine ? répète Raphaël. Plutôt requin, ou plutôt baleine ?

– D'après mes recherches, souffle Carlos, c'est le plus gros poisson qui existe...

Soudain, le requin-baleine referme sa gueule gigantesque. L'eau est rejetée par les branchies placées de chaque côté de sa tête. La force du courant envoie le sous-marin ballotter comme une toupie folle.

– Heureusement qu'il ne mange que du plancton et des poissons microscopiques ! souffle Carlos.

Un aspirateur géant

Le requin-baleine est un requin, pas une baleine. C'est le plus gros poisson du monde : il mesure plus de quinze mètres, pour un poids de quinze tonnes !
Il possède trois mille dents minuscules, mais il ne les utilise pas pour manger.
Il se nourrit par filtration : nageant la gueule grande ouverte, il aspire des quantités énormes d'eau, de plancton et de poissons microscopiques. Puis il rejette l'eau par ses branchies et ne garde que la nourriture, un peu comme une passoire. Il peut filtrer des milliers de litres d'eau par heure !

Carlos

Mlle Bille-en-Tête a repris le contrôle du sous-marin. Elle l'immobilise non loin de la gueule du requin-baleine. Pas assez loin, selon moi...

Je lâche :

– Euh... Ce ne serait pas plus prudent de s'éloigner du requin ?

– Ne t'inquiète pas, Arnaud, dit M. Hill. Tant que nous restons hors de portée de sa gueule et de ses branchies, rien ne peut nous arriver. Ce n'est pas par hasard que le requin-baleine est surnommé le géant pacifique.

– Je croyais que tous les requins étaient dangereux, intervient Véronique.

Elle semble aussi angoissée que moi. Enfin quelqu'un de sensé !

– Mais non ! Seule une trentaine d'espèces de requins sont réputés dangereux pour l'homme. Les autres sont inoffensifs, explique M. Hill.

LA VÉRITÉ SUR LES REQUINS

🦈 *Une trentaine d'espèces de requins peuvent présenter un danger pour l'homme, mais six seulement tuent sans raison : le grand requin blanc, le requin-tigre, le requin-taureau, le requin gris, le requin-bouledogue et le requin-marteau.*

🦈 *La plupart des attaques sont provoquées par des plongeurs qui effraient les requins en s'approchant trop près d'eux.*

🦈 *Deux agressions sur trois se produisent en eau trouble : les requins confondent alors leurs victimes avec leurs proies naturelles.*

– D'accord, le requin-baleine ne va pas nous tuer, résume Véronique, mais il finira par nous rendre malades, avec les vagues qu'il soulève.

À force de s'agiter, le requin-baleine a transformé l'océan en montagnes russes.

Apparemment, je suis le seul à ne pas avoir envie de vomir.

– C'est typique du requin-baleine, nous apprend M. Hill. La plupart des requins se propulsent dans l'eau grâce à leur queue. Lui utilise tout son corps.

– J'en ai l'estomac tout retourné, se lamente Raphaël en grimaçant.

– Je ne me sens pas très bien non plus, avoue Mlle Bille-en-Tête. On ferait mieux de se sauver… En avant toute !

Ce n'est pas trop tôt… Du bout de la queue, l'iguane pousse un bouton, et le sous-marin s'éloigne.

4
Une rencontre inquiétante

Confortablement installé dans la cabine du sous-marin, je me demande quel sujet je vais pouvoir choisir pour mon exposé. Je regarde par le hublot défiler les bancs de poissons, espérant trouver une idée.

C'est alors que je remarque une forme inquiétante... On dirait un requin, moins gros, mais beaucoup plus rapide que le requin-baleine.

De couleur grise, le corps allongé comme une torpille, il se rapproche à la vitesse de l'éclair. Seule sa queue bouge.

Une chose est sûre : il n'a rien d'un géant pacifique !

Je pousse un cri d'alarme :

– Attention, un requin !

– Hé ! s'écrie Raphaël. On dirait un grand blanc... J'ai fait mon exposé sur lui !

– Un requin blanc ? s'écrie Anne-Laure. Mais c'est une des espèces les plus dangereuses !

D'instinct, tous les élèves se serrent au centre du sous-marin.

Un super prédateur

Le grand requin blanc doit son nom à son ventre blanc. Son dos est gris, ce qui lui permet de se fondre dans l'eau sombre pour mieux surprendre ses proies.
C'est l'espèce la plus redoutée, à cause de sa réputation de chasseur féroce. Il possède des dents triangulaires, effilées comme des rasoirs. Il ne s'en sert pas pour mâcher, mais pour déchirer ses proies, dont il avale les morceaux tout rond !
Les requins blancs adultes attaquent les lions de mer, les phoques, les loutres, les tortues marines, et même certaines espèces de baleines.

Raphaël

– Mais qu... qu'est-ce qu'il fait ? bredouille Véronique.

Le grand blanc courbe le dos, puis rejette en arrière sa gueule, ouverte sur ses effrayantes dents blanches. Cette fois, même M. Hill semble terrorisé :

– Lorsqu'il se cabre ainsi, c'est signe qu'il s'apprête à attaquer... Mieux vaut s'enfuir, ou il ne fera qu'une bouchée de nous !

– Pas d'inquiétude, dit la maîtresse, toujours aussi sûre d'elle. Le sous-marin va nous tirer d'affaire !

Elle abaisse un levier, et nous piquons vers le fond de l'océan, échappant de peu aux mâchoires du grand blanc, qui se referment juste au-dessus de nous !

– Wouah ! Vous avez vu toutes ces dents ? s'exclame Ophélie.

Si je les ai vues ? On est passés si près que j'ai presque pu les compter !

– C'est son dentiste qui a de la chance ! plaisante Carlos.

– Pas tant que ça, dit M. Hill en souriant. Les requins perdent leurs dents sans arrêt, et elles sont aussitôt remplacées par de nouvelles.

PAS BESOIN DE DENTISTE !

Les requins possèdent jusqu'à trois mille dents, réparties sur cinq rangées. Ils utilisent celles des deux premiers rangs pour attraper leurs proies. Lorsque l'une des dents tombe, c'est-à-dire presque chaque jour, une dent du rang suivant la remplace, tandis que, derrière, une nouvelle dent vient remplir l'espace libre.

– Nous l'avons échappé belle ! dit Mlle Bille-en-Tête. Nous allons retrouver notre taille normale avant de poursuivre notre exploration du monde sous-marin.

Moi, j'ai une bien meilleure idée :

– Est-ce qu'il ne serait pas plus prudent de rentrer chez nous ?

Mais personne ne l'entend de cette oreille. Surtout pas la maîtresse :

– Pas question, tant que tu n'as pas trouvé de sujet pour ton exposé !

5

Un drôle de lutin !

Le sous-marin magique continue sa descente interminable vers le fond de l'océan. M. Hill tente de me rassurer :

– Ne t'inquiète pas, Arnaud. L'océan n'est pas très profond, par ici. Une centaine de mètres, tout au plus.

– Je crois que je vois le fond ! s'exclame Kicha.

À travers le plancher en verre du sous-marin, je distingue le sable, d'une couleur gris sombre.

– Hé ! s'écrie Thomas. On dirait que le sable bouge !

Mlle Bille-en-Tête arrête le moteur.

Au même moment, une forme plate et allongée se détache du fond et file comme une flèche !

— Ce n'est pas le sable qui bouge ! glousse M. Hill. C'est un ange de mer. Grâce à son corps plat, de la couleur du sable, il se confond parfaitement avec son environnement.

— C'est ce qu'on appelle le camouflage, n'est-ce pas ? avance Ophélie. J'en ai parlé dans mon exposé.

— Exactement ! la félicite Mlle Bille-en-Tête. À présent, il est temps de poursuivre notre route.

Elle enfonce un bouton.

Le moteur tousse, hoquette, crachote... mais rien à faire : il ne veut pas se remettre en marche !

— Oh, oh ! Un petit problème de démarrage, on dirait, constate Mlle Bille-en-Tête.

Juste ce qu'il nous fallait : nous voilà

piégés dans le grand bleu, à cent mètres de profondeur – à peu près le niveau de mon moral !

L'ange de mer

On le trouve surtout dans le Pacifique et l'Atlantique Nord, et parfois en Méditerranée.
Il a un corps aplati et de larges nageoires qui ressemblent à des ailes, d'où son surnom. Il vit au fond de l'eau, s'enterrant dans le sable ou dans la vase : seuls ses yeux dépassent.
Grâce à ce camouflage, l'animal peut surprendre ses proies... tout en échappant aux prédateurs. Car l'ange de mer figure au menu de nombreux autres requins !

Ophélie

Mais la maîtresse n'est pas du genre à se laisser décourager aussi facilement. Elle fait glisser un panneau dans la paroi du sous-marin. Derrière se trouve un petit placard contenant des combinaisons et des bouteilles de plongée.

– Heureusement, nous avons tout ce qu'il nous faut à bord. Je dois sortir pour réparer le moteur. Profitez-en pour faire un petit tour dehors avec M. Hill.

Dehors ? Je n'ai pas du tout envie de mettre un pied hors du sous-marin, moi !

Nous enfilons les combinaisons. Comme par hasard, elles sont exactement à notre taille... Il y a même une mini-bouteille pour Lise !

– Chaque combinaison est équipée d'un cordon. Dès que vous serez sortis, n'ou-

bliez pas
de l'atta-
cher au rail
qui se trouve
sur le côté du sous-marin.

Voilà une chose que je ne risque pas d'oublier ! Carlos, qui m'a aidé à mettre ma combinaison, me rassure à travers le microphone intégré dans son casque :

– Courage, Arnaud, ça va être super !

Ça, c'est lui qui le dit ! Les autres nous attendent déjà dans le sas, un compartiment qui se remplit d'eau avant de s'ouvrir sur la mer. Lorsque l'eau atteint le plafond, Mlle Bille-en-Tête appuie sur un gros bouton rouge, et la porte coulisse.

Sans perdre une seconde, j'accroche mon câble au sous-marin.

À l'extérieur, tout est d'une tranquillité angoissante. Je n'entends que le bruit de mon souffle. Je vois des crabes et des homards qui fuient sous le ventre du sous-marin.

Soudain, j'entends dans mon casque la voix de M. Hill crachoter :

– Regardez ces petites bulles qui montent

du sable ! Il y a des palourdes là-dessous. Notre ami l'ange de mer va pouvoir se régaler...

Pendant que Mlle Bille-en-Tête s'occupe du moteur, nous observons avec de grands yeux le monde qui nous entoure. Je dois bien admettre que c'est un sentiment extra.

Je commence presque à m'amuser lorsque j'aperçois une forme bizarre, tout en longueur, qui nage dans ma direction.

Ça ressemble à un requin. Ou plutôt au fantôme d'un requin, avec une peau pâle d'un blanc-rose et une gueule qui se termine en pointe.

Je suis tellement effrayé que je n'arrive pas à prononcer un mot. C'est Véronique qui lance l'alerte :

– Regardez ! Il y a un poisson bizarre qui fonce sur Arnaud !

Tout le monde tourne la tête dans ma direction, les yeux écarquillés. La chose ouvre sa gueule, et je vois ma vie défiler en une seconde !

Lorsque le requin se met à attaquer mon câble avec ses dents pointues, j'ai envie de crier, mais la peur me rend muet.

Heureusement, le requin se désintéresse de moi aussi vite qu'il est apparu, et disparaît. Quelle chance ! Je vois brusquement le sous-marin s'éloigner, et je réalise que c'est moi qui suis en train de

dériver. Le requin a coupé mon câble !
Je gargouille dans mon microphone :
– Au secours !

Je sens que je remonte, et je ne peux rien y faire. Puis je perçois une secousse et je constate que je me rapproche à nouveau des autres.

La voix d'Anne-Laure résonne dans mon casque :

– C'est bon, Arnaud, on te tient ! Dieu merci, Thomas et elle ont eu le réflexe d'agripper mon câble. Ils me ramènent au sous-marin comme un poisson au bout d'une ligne. Si je ne portais pas mon casque, je leur sauterais au cou pour les embrasser !

– Mince alors ! dit Raphaël. Qu'est-ce que c'était ?

– Un requin-lutin, répond M. Hill, très excité. On a de la chance d'en avoir croisé un ! D'habitude, ils nagent bien plus bas. Vous parlez d'une veine !

– Un requin-lutin ? J'aurais dû le reconnaître ! s'exclame Thomas, qui a écrit son exposé sur lui.

Sale tête !

Avec sa peau blanc-rose, très pâle, le requin-lutin ressemble un peu à un fantôme. D'ailleurs, il est aussi mystérieux.
Il vit dans l'Atlantique, le Pacifique et l'océan Indien. Mais comme il préfère le fond des océans, il est très rare d'en rencontrer. Même les spécialistes des requins savent peu de choses sur lui.
Muni de tout petits yeux et d'un long museau pointu, il n'est pas gâté par la nature !
Le requin-lutin mange des crevettes, des pieuvres et divers petits poissons.

Thomas

La maîtresse nage vers nous. Sa voix retentit dans mon casque :

– Eh bien, Arnaud... tu nous as fait une de ces peurs ! Mais j'ai une bonne nouvelle : le moteur est réparé. Nous pouvons retourner au sous-marin !

6
Un monde sans pitié

Pendant que nous retirons nos combinaisons de plongée, Mlle Bille-en-Tête remet le moteur en marche. Le sous-marin remonte en ronronnant vers la surface.

– Ce requin-lutin avait vraiment une drôle de tête ! s'exclame Thomas. Est-ce qu'il existe d'autres requins aussi bizarres ?

– Aucun requin ne ressemble au requin-lutin, répond M. Hill. Mais d'autres ont des formes tout aussi étranges. Prenez le requin-renard. Sa nageoire caudale est aussi longue que le reste de son corps !

– Sa nageoire caudale ? Qu'est-ce que c'est ? demande Véronique.

– C'est le nom savant pour la queue du requin.

– Et il y a le requin-marteau ! intervient Raphaël.

– Ah ! oui, approuve M. Hill. Lui aussi a un aspect étrange !

– Je veux dire qu'il y a un requin-marteau, là ! s'écrie Raphaël en pointant son doigt vers un hublot.

Un gros requin gris nage vers nous. Sa tête aplatie est très large, avec de chaque côté une grosse bosse, un peu comme l'extrémité d'un marteau.

Raphaël, qui a fait son exposé sur le requin-marteau, a l'air inquiet :

– Vous ne croyez pas qu'on ferait mieux de s'éloigner ? Il risque de nous attaquer s'il est dérangé.

– Regardez ! s'exclame Ophélie. Il y en a

Grosse tête !

Le requin-marteau mesure en moyenne 3,50 m. On le reconnaît facilement à sa tête très large et aplatie. Ses yeux, placés de chaque côté de sa tête, lui permettent de repérer facilement ses proies.
Les requins-marteaux mangent des poissons, des calamars, des pieuvres, des crustacés et d'autres espèces de requins. Parfois, ils se dévorent même entre eux !

Raphaël

un autre, plus petit ! Je parie que c'est un bébé. Dites, monsieur Hill, comment naissent les bébés requins ?

– Eh bien, cela dépend des espèces. Dans vos brochures, vous trouverez des informations sur la reproduction.

SEULS AU MONDE

Certains requins pondent leurs œufs au fond de l'océan. Mais la plupart des œufs de requins éclosent dans le corps de leur mère, qui met bas des petits déjà formés. Ces bébés-là restent 9 à 12 mois dans le ventre de leur mère. Leur survie n'est pas facile. En effet, les mères ne s'occupent pas des petits, qui savent nager et chasser aussitôt nés. Ils doivent affronter seuls les prédateurs, y compris les autres requins, adultes ou bébés.

– La vie des bébés requins n'est pas facile ! dit M. Hill. En fait, celui-ci est un adulte : requin-marteau tiburo, ou requin-marteau à petits yeux, une espèce moins grande.

– Si ce tiburo était plus petit, le requin-marteau n'en ferait qu'une bouchée, ajoute Mlle Bille-en-Tête.

– Décidément, dit Carlos, les requins sont sans pitié... pour les requins.

– Cela dépend, dit la maîtresse. La plupart des espèces sont très difficiles dans le choix de leur nourriture. Seul un petit nombre d'entre elles, dont les requins-marteaux, les grands blancs ou les requins-tigres, mange les autres requins.

Le sous-marin poursuit tranquillement sa route vers la surface. Tout à coup, Véronique pousse un cri :

– Des dauphins !

En effet, un groupe de dauphins s'approche de nous.

CHACUN SON RÉGIME

Tous les requins sont carnivores et ont leur propre régime alimentaire :

✶ Les prédateurs les plus rapides (requin mako, requin blanc, requin-taureau...) mangent des poissons, des calamars, des oiseaux, d'autres requins, ou encore des mammifères marins, comme les phoques.

✶ Les prédateurs les plus lents ratissent le fond de l'océan à la recherche de crustacés (crabes, homards, palourdes...)

✶ Certains requins, tel le requin-baleine, filtrent l'eau pour ne retenir que le plancton et le krill (crustacés microscopiques).

À travers le dôme transparent, nous les regardons batifoler, sautant et retombant dans l'eau à tour de rôle.

Mais j'ai un mauvais pressentiment :

– Est-ce qu'ils ne vont pas attirer le requin-marteau ? Et si, après les avoir tous mangés, il nous prenait pour le dessert ?

– Pas de panique, Arnaud ! tente de me rassurer Thomas. Il ne les a peut-être pas repérés...

Les cinq sens du requin... plus un.

- **L'ouïe** : le requin entend un poisson s'agiter à plus d'un kilomètre de distance.
- **Le toucher** : il perçoit les vibrations émises par les animaux autour de lui, grâce à des petits trous dans sa peau, alignés tout le long de son corps.
- **La vue** : son œil est protégé par une membrane ; sous l'eau, le requin voit mieux que l'homme...
- **L'odorat** : il sent une goutte de sang dans un million de gouttes d'eau !
- **Le goût** : il possède aussi des capteurs dans la gueule ; il est capable, en mordant sa proie, de savoir si elle est comestible.
- Enfin, il détecte les impulsions électriques émises par les muscles des poissons quand ils bougent.

Anne-Laure

– Ça m'étonnerait ! le coupe Anne-Laure. D'après mes recherches, le requin a des sens super aiguisés ! Rien ne lui échappe !

– Anne-Laure a raison, confirme M. Hill. Je suis sûr que le requin-marteau a perçu la présence des dauphins. Sans doute a-t-il peur de s'attaquer à eux.

– Peur ? Pourquoi un requin aurait-il peur des dauphins ? s'étonne Raphaël.

– C'est tout à fait possible, intervient Mlle Bille-en-Tête. Les dauphins ont un museau très dur. Ils s'en servent pour marteler le ventre mou des requins, et peuvent les tuer. Mais cela arrive surtout en captivité : dans la nature, les dauphins et les requins préfèrent s'ignorer !

Ouf, quel soulagement ! Heureusement que les dauphins sont là pour tenir ce requin-marteau à distance... Tout ce qu'il me manque maintenant, c'est un sujet pour mon exposé ; ensuite, on pourra regagner la terre ferme ! Je m'imagine déjà dans ma chambre quand, soudain, je remarque que les dauphins ont disparu. À la place, je vois des requins. Un banc entier de requins tous pareils, à la peau d'un bleu très sombre, nous entoure.

– Lise, coupe le moteur ! ordonne la maîtresse.

– Couper le moteur ? s'écrie Véronique. Vous voulez dire : pleins gaz !

– Non, il est trop tard pour cela. Nous sommes déjà au milieu du banc.

– Votre maîtresse a raison, approuve M. Hill. Faisons les morts et laissons-les décider si nous représentons ou pas un danger. Ensuite, ils poursuivront leur chemin.

Tant qu'on n'a pas besoin de faire les morts pour de vrai...

– Et pendant qu'eux nous observent, reprend la maîtresse, nous avons la chance de pouvoir les regarder aussi. Les requins bleus sont parmi les rares espèces qui nagent en bancs.

– Ça, je le savais ! dit Ophélie, toute fière.

Le loup des mers

Comme la plupart des requins, les requins bleus sont plutôt solitaires. Mais, parfois, quand la nourriture est abondante, ils se regroupent pour chasser, comme les loups. Les bancs de requins bleus sont des groupes de poissons de la même taille, tous mâles ou tous femelles. Personne ne sait au juste pourquoi ils se rassemblent selon le sexe.

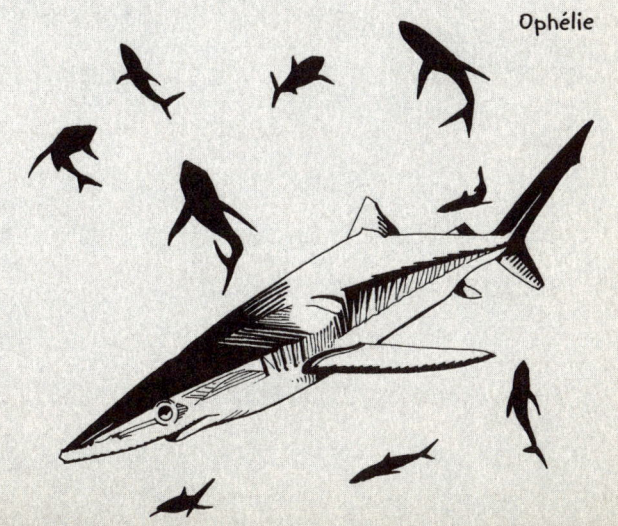

Ophélie

– Les requins bleus sont beaucoup pêchés pour leur chair, précise Ophélie. C'est triste, car un jour peut-être ils disparaîtront complètement.

Quand je regarde tous ces petits yeux de l'autre côté du hublot, et ces rangées de dents pointues, je préférerais qu'ils disparaissent tout de suite ! Mais je suis d'accord avec Ophélie : ce serait dommage que les requins bleus s'éteignent pour toujours.

– À propos, savez-vous quel est le prédateur le plus dangereux pour le requin ? interroge M. Hill.

Nous secouons la tête.

– L'homme, bien sûr !

ATTAQUE D'HOMMES !

🦈 *Les hommes tuent plusieurs millions de requins. Ils les pêchent pour leur chair, leur huile, ou pour fabriquer des médicaments. Certains massacrent les requins sans raison.*

🦈 *Il faut plusieurs années aux requins pour atteindre l'âge adulte, et ils ne se reproduisent pas très vite. À cause de la pêche intensive, ils sont de moins en moins nombreux.*

Peu à peu, les requins bleus semblent se désintéresser de nous et s'éloignent du sous-marin.

Je respire de nouveau.

— Je crois qu'il est temps de rentrer à la maison, les enfants, annonce Mlle Bille-en-Tête.

Quel bonheur d'entendre ces mots !

Je me suis réjoui trop tôt... La maîtresse s'exclame :

— Mon Dieu, regardez ! Un requin-tigre !

Une des espèces les plus dangereuses pour l'homme !

C'était trop beau... Je scrute l'océan à travers le hublot, et je le vois. Un requin immense, le dos couvert de rayures, la gueule grande ouverte.

De terreur, je recule, trébuche, et me retiens de justesse au tableau de bord. Mais ma main accroche un levier : celui qui contrôle les dimensions du sous-marin ! En une seconde, nous retrouvons notre taille de petit poisson !

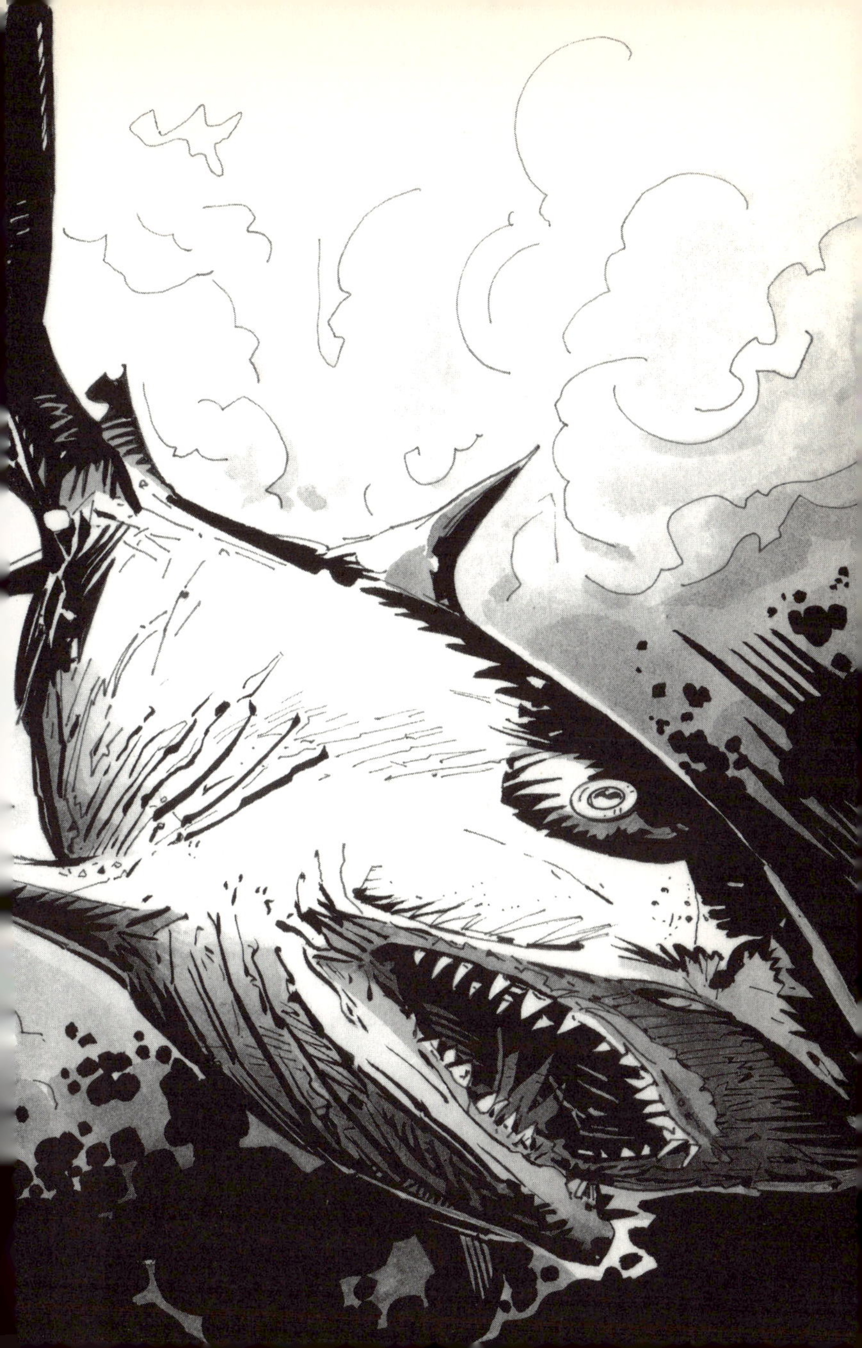

Avant de pouvoir réparer ma bêtise, je vois les mâchoires impressionnantes du requin se refermer sur nous.

– Accrochez-vous, les enfants ! hurle la maîtresse. Nous allons être avalés !

Malheur ! Nous sommes en route pour l'estomac du requin.

Un cri de frayeur collectif éclate dans la cabine.

7
Dans le ventre du requin !

Nous passons entre les rangées de dents monstrueuses. À présent, mes copains se taisent, terrifiés ; ils ne pensent même pas à m'en vouloir.

Mlle Bille-en-Tête finit par briser le silence :

– Bon, eh bien, ce n'est pas grave, dit-elle avec son optimisme habituel. Nous pourrons toujours ressortir par où nous sommes entrés.

M. Hill a lui aussi repris ses esprits :

– Et puis, c'est une chance extraordinaire

de pouvoir étudier l'estomac d'un requin. Surtout celui d'un requin-tigre. Voyons si vous devinez pourquoi on le surnomme « la poubelle des mers »...

À travers le plancher du sous-marin, j'aperçois les restes d'un repas.

– Là, un crabe ! s'exclame Raphaël.

— Et là, le squelette d'un poisson ! constate Kicha.

— Il y a même une carapace de tortue ! s'écrie Ophélie.

Un frisson me parcourt le dos : pas très difficile d'imaginer ce qu'est devenue la tortue... Tout à coup, je vois un poisson de la taille du sous-marin. Il a une forme ordinaire, mais brille dans l'obscurité comme une lampe.

Je pointe mon doigt vers l'étrange animal :

– Hé ! regardez ce drôle de poisson, avec ses yeux qui s'allument !

– C'est un poisson photophore, explique M. Hill. En fait, ce n'est pas lui qui brille. Il possède sous chaque œil des sacs pleins de millions de bactéries bio-luminescentes, c'est-à-dire qui produisent de la lumière. On trouve ce phénomène chez certaines bactéries, algues, champignons et invertébrés, comme le ver luisant. Les poissons s'en servent pour se reconnaître pendant la période de reproduction et…

– Ça alors ! le coupe Thomas. Il y a un manteau, là, je me demande ce qu'il fait ici.

– Ce requin-tigre mange vraiment n'importe quoi ! Je comprends d'où vient son surnom, maintenant ! s'exclame Anne-Laure.

– Je ne pensais pas en voir un de l'intérieur, lâche Kicha, qui a fait son exposé sur lui.

La poubelle des mers

Le requin-tigre tire son nom des rayures sur son dos sombre, et son surnom de ses habitudes alimentaires. Il avale tout ce qui passe à sa portée !

Le requin-tigre est un solitaire, et il se déplace sans cesse. Il peut parcourir 80 km en une journée, ne s'arrêtant que pour manger. Il lui arrive de s'en prendre à l'homme, si jamais celui-ci s'approche trop près.

Kicha

– Retournons dans la gueule du requin et essayons d'en sortir ! dit Mlle Bille-en-Tête. Observez bien la forme de ses dents en passant.

Au moment où le sous-marin effectue sa remontée, le requin-tigre ouvre justement sa gueule. Impossible de ne pas voir ses dents ! Elles sont pointues sur le devant, et découpées comme celles d'une scie vers l'arrière.

– Elles sont très différentes des dents du requin-lutin, dis-je. Les siennes étaient très longues et pointues.

– Et celles du requin blanc étaient triangulaires, ajoute Ophélie.

– Bravo, Arnaud et Ophélie ! Quelqu'un peut-il me dire pourquoi les dents sont différentes selon les espèces ? demande la maîtresse.

– Cela dépend de ce qu'ils mangent ? propose Thomas.

– Exactement !

LES DENTS DE LA MER

La forme et la taille des dents des requins dépendent de leur régime alimentaire.

🗡 Ceux qui se nourrissent de gros poissons ou de mammifères marins ont des crocs triangulaires en dents de scie, pour découper leur proie ;

🗡 Ceux qui avalent les petits poissons entiers ont de longues dents étroites et pointues comme des harpons, pour accrocher leur proie ;

🗡 Les requins qui recherchent des crustacés ont des dents faites pour écraser les coquilles ;

🗡 Le requin-lutin, lui, a des dents de devant pour harponner, et des dents de derrière pour écraser. Les charognards, comme le requin-tigre, ont différentes dents pour différentes proies !

J'espérais que, à peine sorti de la gueule du requin, Mlle Bille-en-Tête se dépêcherait de redonner sa taille normale au sous-marin. Mais elle n'a pas l'air pressé. Elle est occupée à discuter avec M. Hill.

Je n'ai même pas le temps de le lui rappeler. Un gros poisson tout plat –, au moins dix fois plus gros que le sous-marin – avec des nageoires comme des ailes et une longue queue qui traîne derrière lui, s'approche de nous.

Kicha aussi l'a aperçu.

– Qu... qu'est-ce que c'est, cette chose ? bredouille-t-elle.

M. Hill jette un œil par le hublot :

– Oh, oh ! Une raie pastenague ! Attention à ne pas l'effaroucher... Sa queue, couverte d'aiguillons, se termine par un dard empoisonné. Écartons-nous, au cas où...

QUI S'Y FROTTE S'Y PIQUE !

❧ *Les raies sont des poissons plats, proches parents des requins. Les scientifiques pensent d'ailleurs qu'elles sont leurs descendantes. Tout comme les requins, les raies n'ont pas de squelette osseux, mais du cartilage.*

❧ *La famille des raies compte plus de quatre cents espèces, qui mesurent de quelques centimètres à plus de sept mètres. Certaines possèdent au bout de la queue un aiguillon venimeux, qui leur sert à attaquer et à se défendre. Sa piqûre est très douloureuse pour l'homme et peut entraîner la paralysie du membre touché.*

— Tu entends, Lise ? dit Mlle Bille-en-Tête. Pleins gaz ! Accrochez-vous, les enfants !

Lise pousse un levier sur le tableau de bord, et le mini sous-marin bondit en avant.

Mauvaise idée ! Alertée par le bruit et le remous, la raie réagit en se propulsant d'un coup de queue puissant. Le sous-marin file à toute vitesse ; mais la raie lancée à ses trousses est plus rapide encore.

Et comme si cela ne suffisait pas, Raphaël s'écrie :

— Mademoiselle, un autre requin, juste devant !

— Et il fonce sur nous ! confirme Kicha.

En effet, un gros requin gris bleu nage dans notre direction. Et il est rapide ! Plus rapide que tous ceux que j'ai vus jusqu'ici ! Je marmonne :

— Parfait ! Juste ce qu'il nous fallait...

À ma grande surprise, Mlle Bille-en-Tête renchérit :

– Tu as raison, Arnaud. C'est exactement ce qu'il nous fallait... pour échapper à la raie. Attention, opération Rémora !

Opération Rémoquoi ?

Lorsque le requin est tout prêt, je distingue de drôles de formes accrochées à son ventre : il est couvert de petits poissons !

Au lieu de l'éviter, Mlle Bille-en-Tête actionne un bouton sur le tableau de bord. Au-dessus du hublot du toit, un long bras terminé par une espèce de ventouse se déplie.

– Qu'est-ce que vous faites, mademoiselle ? lance Raphaël.

– Du stop ! répond la maîtresse d'un ton réjoui. Ce mako va nous permettre de semer la raie.

– Un mako ? s'exclame Véronique. Je sais ! C'est le requin le plus rapide qui existe !

À l'instant où le mako se jette sur nous,

La formule 1 des mers

Le mako est le requin le plus rapide de l'océan. Les scientifiques affirment qu'il est capable de faire des pointes à 100 km/heure ! Il peut aussi faire des bonds en surface.

Le mako se nourrit de bancs de poissons : thons, maquereaux, harengs, espadons… En fait, il n'est pas difficile : il mange à peu près tout ce qui passe à sa portée.

Il attaque l'homme, qui le chasse également : c'est un trophée très recherché par les pêcheurs de gros !

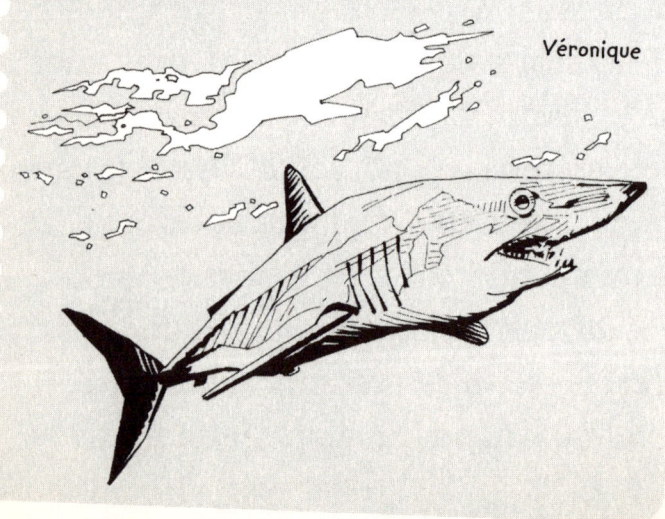

Véronique

la maîtresse fait plonger le sous-marin, qui passe sous le ventre du requin. Au même moment, la ventouse s'accroche et le bras se replie : la manœuvre d'accrochage a réussi !

Collés au ventre de l'animal, nous filons à une vitesse incroyable !

– Vous voyez tous ces petits poissons agrippés au requin ? dit la maîtresse. Ce sont des rémoras. Ils se cramponnent à son ventre et se laissent transporter... comme dans un taxi. Le mako doit nous prendre pour l'un d'eux.

Je regarde le petit poisson qui voyage à côté du sous-marin. Il est vraiment trop drôle, avec sa nageoire dorsale en forme de ventouse ! Je crois que j'ai enfin trouvé une créature pacifique pour mon exposé...

Soudain, le sous-marin s'incline dangereusement. Nous nous accrochons aux parois pour ne pas basculer en arrière.

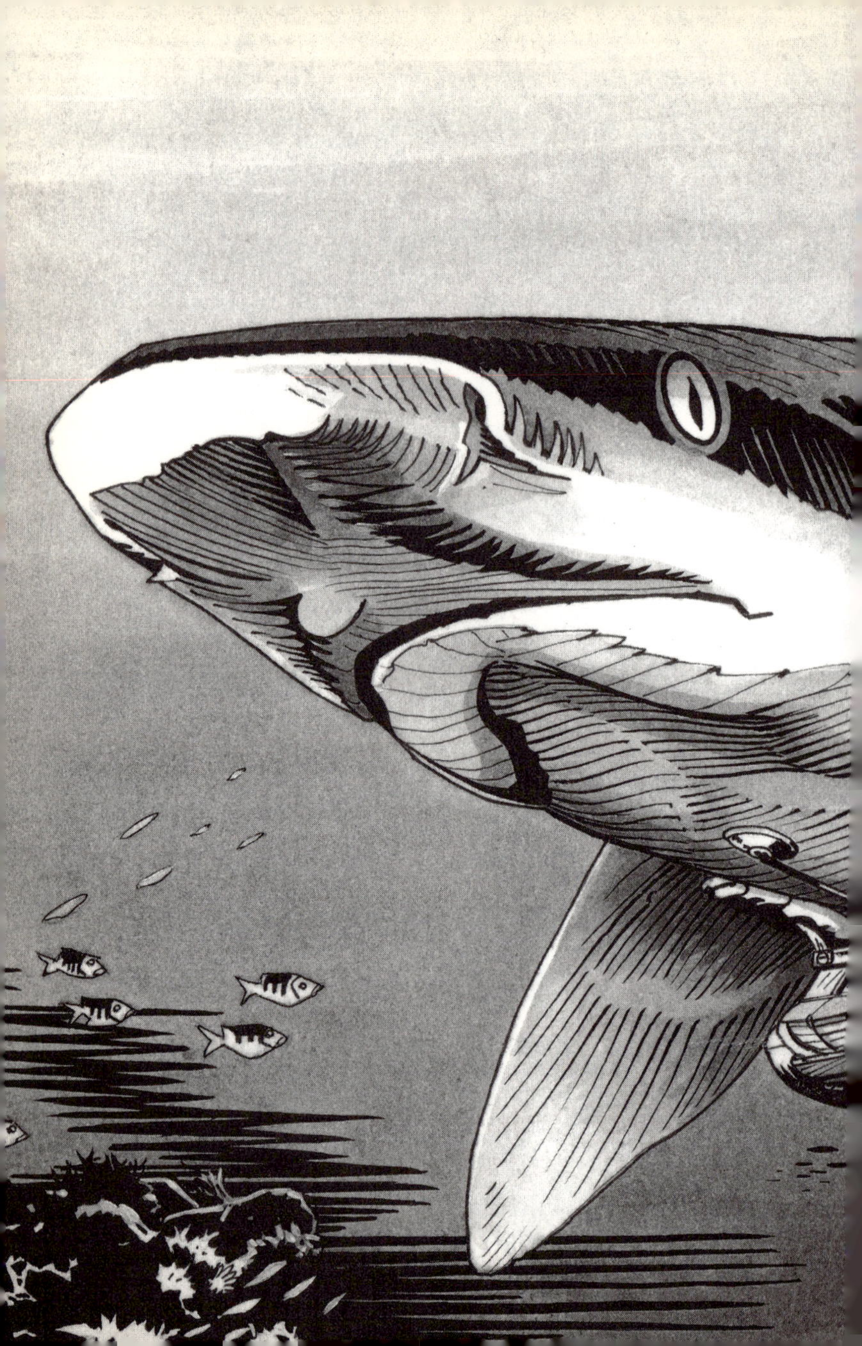

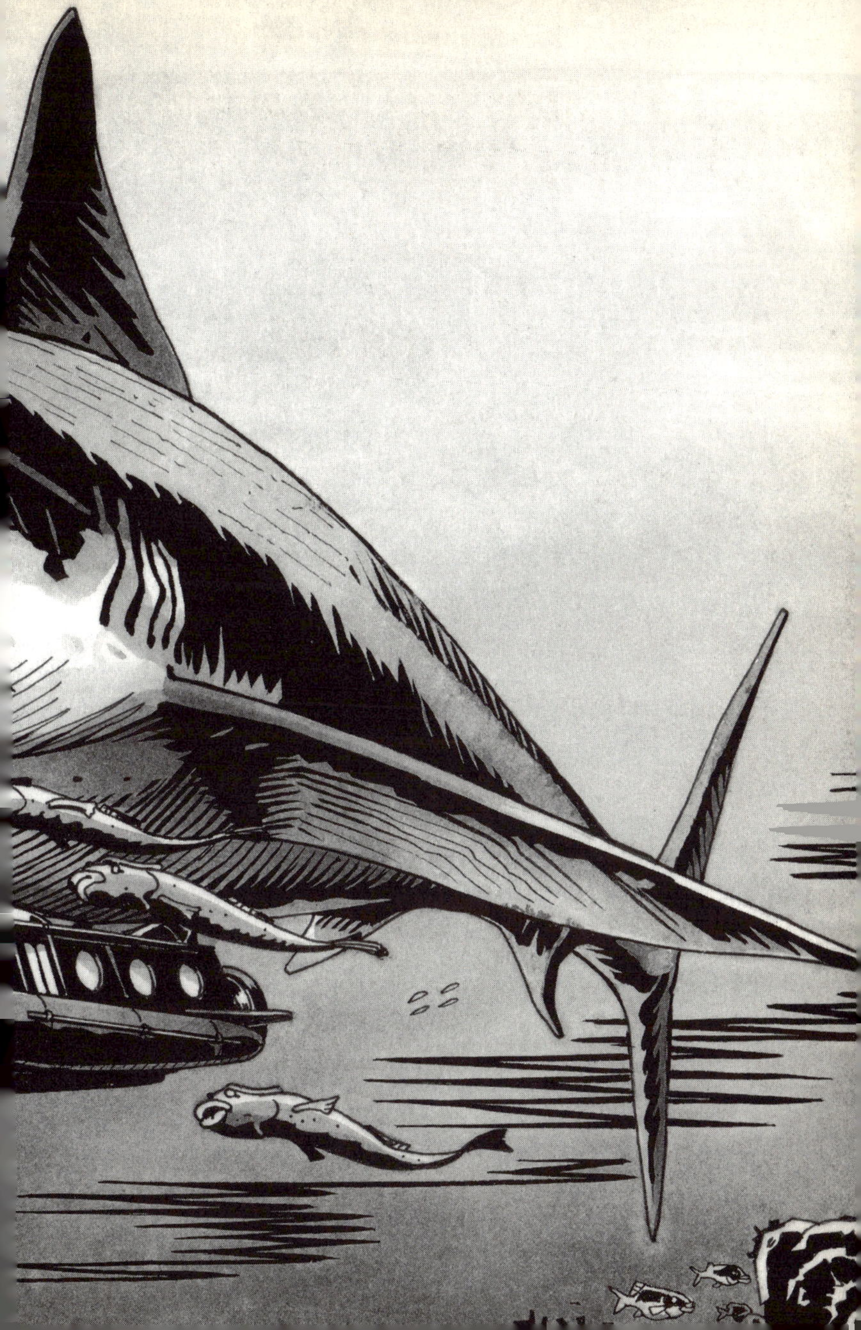

– Que se passe-t-il ? hurle Raphaël.

– Tenez bon ! lance Mlle Bille-en-Tête. Le requin est en train de sauter !

Après des heures passées sous l'eau, j'aperçois enfin un bout de ciel bleu. Cela ne dure qu'une seconde : le requin retombe déjà dans une grande éclaboussure. Puis saute de nouveau. Encore. Et encore !

– Mon estomac…, gémit Kicha.

– Je me sens mal…, se plaint Carlos.

– Je veux descendre…, se lamente Ophélie.

Tous les visages autour de moi ont tourné au vert. Même ceux de Mlle Bille-en-Tête et de M. Hill. Encore une fois, je suis le seul à ne pas souffrir du mal de mer. Et le seul à pouvoir conduire le sous-marin…

8
Arnaud le héros !

Quand le mako saute de nouveau, j'aperçois une ligne jaune : le rivage !

Je ne pensais pas revoir la terre ferme un jour... Je tire la maîtresse par la manche :

– Mademoiselle, il faut détacher le sous-marin du requin. La rive n'est pas loin.

Mais Mlle Bille-en-Tête est trop mal en point pour réagir.

Pourtant, il faut faire quelque chose. À tout instant, le requin peut décider de rejoindre les profondeurs. Pas question de retourner au milieu de tous ces monstres !

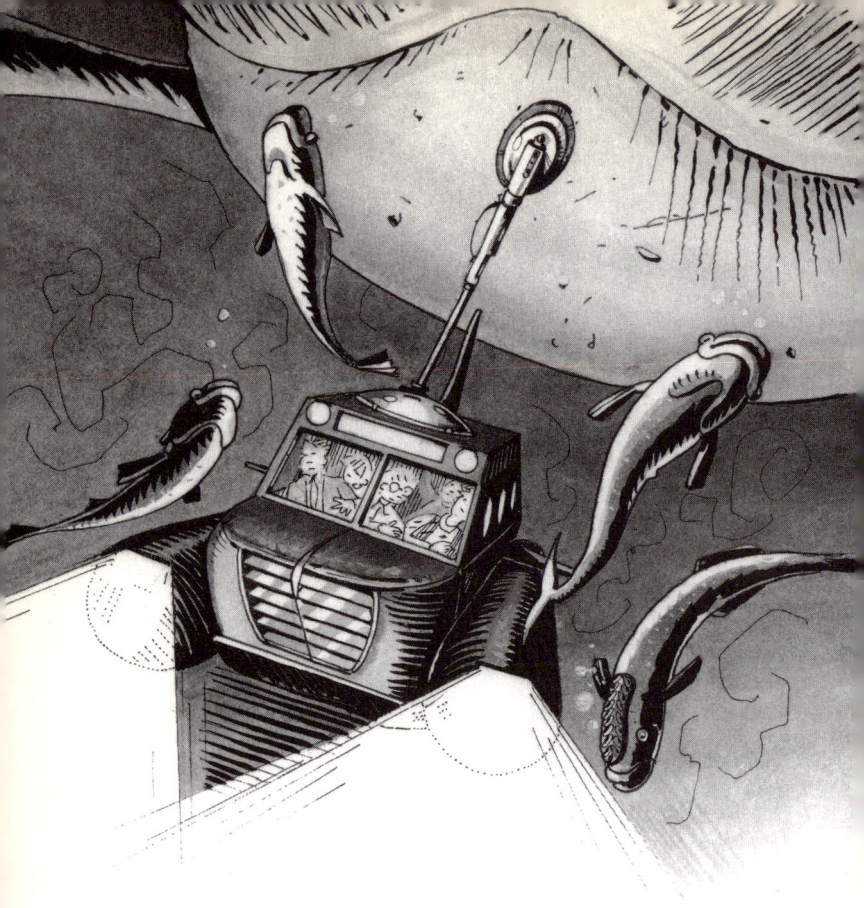

Je regarde, affolé, le tableau de bord. Que de boutons ! Que se passera-t-il si je me trompe ?

Et puis je le vois : un gros bouton rouge marqué « ventouse ». Impossible de me tromper. Je prends ma respiration... et j'enfonce le bouton. Un grand « pop »... et, hourra ! le sous-marin est libre.

Maintenant, je dois encore le conduire à bon port. Je commence par lui redonner une taille normale (ce bouton-là, cela fait longtemps que j'attendais de pouvoir l'enfoncer !)

Ensuite, j'agrippe le volant des deux mains. Je n'ai jamais piloté ce genre d'engin, mais j'ai bien observé Mlle Bille-en-Tête toute la journée. Je mets le cap sur le rivage, et je pousse sur la manette des gaz. En avant, toute !

La rive se rapproche à grande vitesse. En arrivant sur la plage, je réalise que nous allons trop vite ! Heureusement, au dernier moment, le sous-marin se transforme automatiquement en Bus magique. J'enfonce la pédale de frein.

J'ai réussi ! Nous sommes de retour sur le plancher des vaches. Sains et saufs.

Le lendemain, à l'école, une surprise m'attend. Lorsque j'entre en classe, tous les élèves applaudissent.

La maîtresse me tend une carte, sur laquelle est écrit : « Pour Arnaud, le héros ! » La carte est décorée de requins. Et Thomas m'a dessiné en train de piloter le sous-marin !

Très ému, je remercie tout le monde.

– C'est nous qui te remercions, dit Anne-Laure. Sans toi, nous serions encore collés au ventre du requin.

– Ou dans son estomac ! ajoute Véronique.

Moi aussi, j'ai quelque chose pour Mlle Bille-en-Tête. Je lui remets mon exposé, que j'ai écrit hier soir.

Taxi !

Le rémora est un petit poisson qui possède une nageoire en forme de ventouse.
Il l'utilise pour s'accrocher aux requins ou à d'autres animaux marins. Le plus souvent, le rémora nettoie la peau des requins, se nourrissant ainsi des restes de leurs repas. Mais ce n'est pas toujours le cas. Il est très rare que les requins mangent les rémoras.

Arnaud

Finalement, cette aventure s'est bien terminée. Heureusement que je ne suis pas resté à la maison ! Quand je pense que j'aurais pu manquer l'occasion d'être le héros du jour !

J'espère simplement que la prochaine fois Mlle Bille-en-Tête choisira une sortie un peu moins dangereuse...

Fin

Si tu as aimé ce livre,
tu peux lire d'autres histoires
dans la collection

Le Bus Magique

- Attention aux dinosaures !
- Objectif Mars
- Baleines droit devant !
- Où sont passés les os des squelettes ?
- Les microbes attaquent !
- La chasse aux chauves-souris
- Alerte aux requins !